नीता पहुँची अस्पताल

Nita Goes to Hospital

Story by Henriette Barkow

Models and Illustrations by Chris Petty

Hindi translation by Awadhesh Misra

mantra lingua

नीता रॉकी के साथ गेंद से खेल रही थी। "पकड़ो!" वह चिल्लाई। रॉकी कूदा, पर पकड़ न पाया और गेंद के पीछे दौड़ा, पार्क से बाहर हुआ और सड़क पर पहुँचा। "रुको! रॉकी! रुको!" नीता चिल्लाई पर वह रॉकी को पकड़ने में इतनी लगी थी कि उसने नहीं देखी...

Nita was playing ball with Rocky. "Catch!" she shouted. Rocky jumped, missed and ran after the ball, out of the park and into the road. "STOP! ROCKY! STOP!" Nita shouted. She was so busy trying to catch Rocky that she didn't see...

कार।

the CAR.

चालक ने ब्रेक लगाया। चीं चीं! पर तब तक देर हो चुकी थी! धड़ाम! कार ने नीता को धक्का मारा और वह जमीन पर चीखते हुए गिर पड़ी।

The driver slammed on the brakes. SCREECH! But it was too late! THUD! The car hit Nita and she fell to the ground with a sickening CRUNCH.

माँ चिल्लाई "नीता!" नीता को पकड़कर बाल सहलाते हुए चिल्लाई "कोई एम्बुलेन्स बुलाओ!"
चालक ने एम्बुलेन्स का नम्बर घुमाया।
अपने चेहरे पे मोटे आँसू लाते हुए नीता रोई, "माँ मेरा पैर दर्द हो रहा है।"
"मुझे मालूम है कि दर्द हो रहा है, पर हिलो मत," माँ ने कहा। "सहायता जल्द ही आएगी।"

"NITA!" Ma screamed. "Someone call an ambulance!" she shouted, stroking Nita's hair and holding her.
The driver dialled for an ambulance.
"Ma, my leg hurts," cried Nita, big tears rolling down her face.
"I know it hurts, but try not to move," said Ma. "Help will be here soon."

RAMEDIC AMBULANCE
Surrey and Sussex NHS
Healthcare NHS Trust
AMBU
KEEP

एम्बुलेन्स पहुँच गयी और दो स्वास्थ्य कर्मी स्ट्रेचर के साथ आए।
"हैलो, मेरा नाम जॉन है। तुम्हारा पैर बहुत सूज गया है। हो सकता है टूट गया हो," उसने कहा। "इन खप्पचियों को लगा देता हूँ ताकि ये हिले नहीं।"
नीता ने अपने होंठ दबा लिए। पैर सचमुच बहुत दर्द हो रहा था।
"तुम तो बहादुर लड़की हो," उसने कहा और स्ट्रेचर पर आराम से उठाकर उसको एम्बुलेन्स में ले गया। माँ भी उसमें बैठ गयी।

The ambulance arrived and two paramedics came with a stretcher.
"Hello, I'm John. Your leg's very swollen. It might be broken," he said. "I'm just going to put these splints on to stop it from moving."
Nita bit her lip. The leg was really hurting.
"You're a brave girl," he said, carrying her gently on the stretcher to the ambulance. Ma climbed in too.

नीता स्ट्रेचर पर लेटे हुए माँ को कस कर पकड़ी थी, जबकि एम्बुलेन्स तेज सायरन, चमकती रोशनी के साथ सड़कों पर दौड़ते हुए अस्पताल की तरफ भाग रही थी।

Nita lay on the stretcher holding tight to Ma, while the ambulance raced through the streets – siren wailing, lights flashing – all the way to the hospital.

प्रवेश द्वार पर हर जगह लोग थे। नीता को बहुत डर लग रहा था। "ओह, तुम्हें क्या हो गया है?" एक स्नेही नर्स ने पूछा। "मुझे कार ने मार दिया और मेरे पैर में बहुत दर्द हो रहा है," आँसुओं को रोकते हुए नीता बोली। "ज्यों ही डॉक्टर तुमको देख लेगा हम तुम्हें दर्द के लिए कुछ देंगे," उसने कहा। "अब मुझे तुम्हारा बुखार नापना है और थोड़ा खून लेना है। तुम्हें हल्की सी चुभन होगी।"

At the entrance there were people everywhere. Nita was feeling very scared. "Oh dear, what's happened to you?" asked a friendly nurse. "A car hit me and my leg really hurts," said Nita, blinking back the tears. "We'll give you something for the pain, as soon as the doctor has had a look," he told her. "Now I've got to check your temperature and take some blood. You'll just feel a little jab."

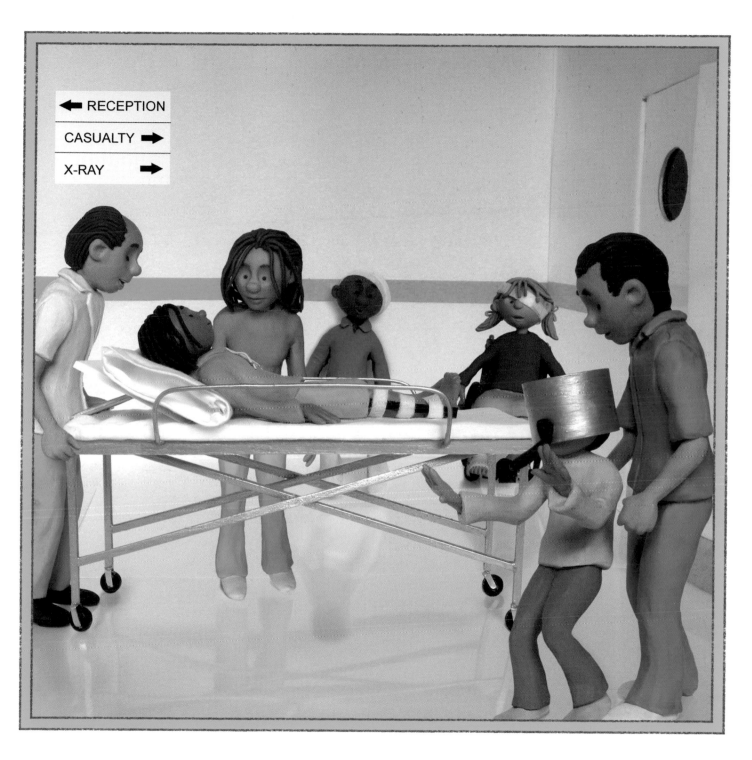

⬅ RECEPTION

CASUALTY ➡

X-RAY ➡

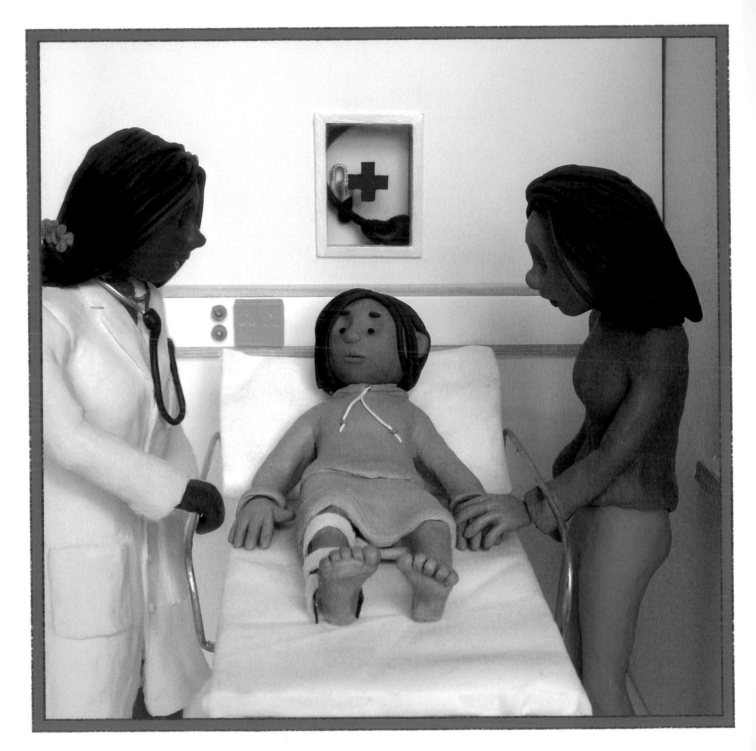

फिर डॉक्टर आई। "हैलो नीता," वह बोली। "ओह, ये कैसे हुआ?"
"मुझे कार ने मार दिया। मेरे पैर में बहुत दर्द हो रहा है," नीता
सिसकी।
"दर्द रोकने के लिए मैं तुम्हें कुछ देती हूँ। अब लाओ तुम्हारा पैर
देखा जाय," डॉक्टर ने कहा। "हूँ, लगता है टूट गया है। ठीक
से देखने के लिए हमें एक्सरे करने की जरूरत है।"

Next came the doctor. "Hello Nita," she said. "Ooh, how did that happen?"
"A car hit me. My leg really hurts," sobbed Nita.
"I'll give you something to stop the pain. Now let's have a look at your leg," said
the doctor. "Hmm, it seems broken. We'll need an x-ray to take a closer look."

एक भला चपरासी पहिए वाली कुर्सी से नीता को एक्सरे विभाग ले गया जहाँ बहुत लोग प्रतीक्षा कर रहे थे।
अन्त में नीता की बारी आयी। "हैलो नीता," रेडियोग्राफर ने कहा। एक्सरे मशीन की तरफ दिखाते हुए वह बोली, "मैं इस मशीन से तुम्हारे पैर के अन्दर की फोटो लेने जा रहा हूँ। घबराओं मत इससे दर्द नहीं होगा। जब मैं एक्सरे ले रही हूँ तुम्हें एकदम स्थिर रहना होगा।"
नीता ने सिर हिलाया।

A friendly porter wheeled Nita to the x-ray department where lots of people were waiting.
At last it was Nita's turn. "Hello Nita," said the radiographer. "I'm going to take a picture of the inside of your leg with this machine," she said pointing to the x-ray machine. "Don't worry, it won't hurt. You just have to keep very still while I take the x-ray."
Nita nodded.

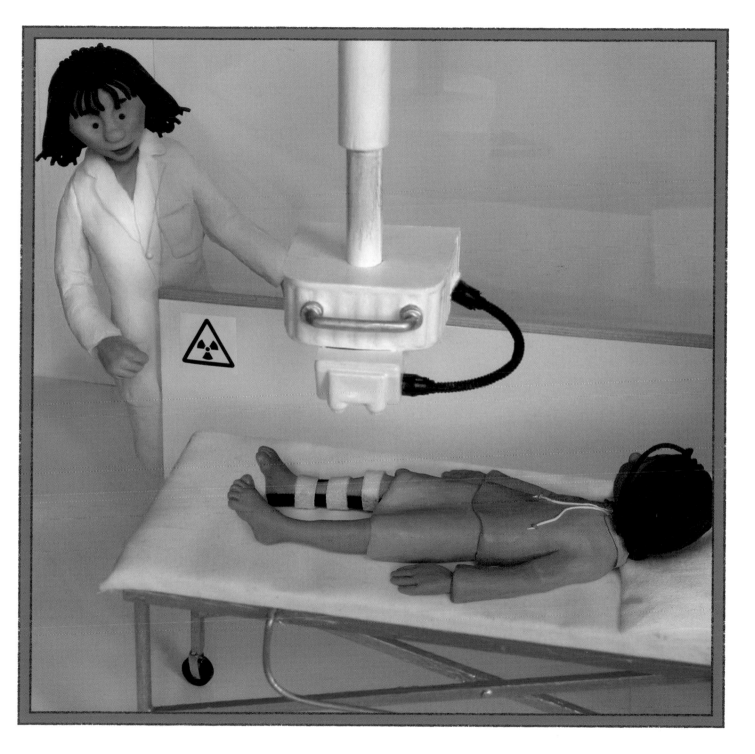

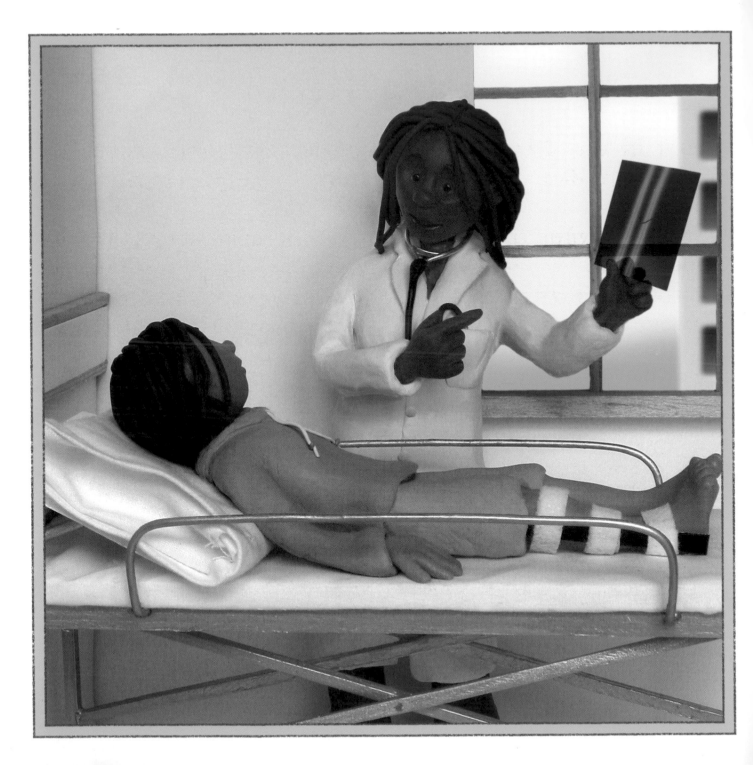

थोड़ी देर बाद डॉक्टर एक्सरे ले कर आयी। उसने उसको ऊपर उठाया और नीता को अपने पैर के अन्दर की हड्डी दिखायी पड़ गयी!

"जैसा मैंने सोचा था वैसा हुआ," डॉक्टर ने कहा। "तुम्हारा पैर टूट गया है। उसे सेट करने के बाद हमें उसे प्लास्टर कास्ट में डालना होगा। उससे वह एक स्थान पर रहेगा और हड्डी ठीक हो जाएगी। परन्तु इस समय तुम्हारा पैर बहुत सूज गया है। तुम्हें रात भर यहीं रहना पड़ेगा।"

A little later the doctor came with the x-ray. She held it up and Nita could see the bone right inside her leg!

"It's as I thought," said the doctor. "Your leg is broken. We'll need to set it and then put on a cast. That'll hold it in place so that the bone can mend. But at the moment your leg is too swollen. You'll have to stay overnight."

चपरासी ने नीता को बच्चों के वार्ड पहुँचाया। “हैलो नीता। मेरा नाम रोज है और मैं तुम्हारी स्पेशल नर्स हूँ। मैं तुम्हारी देखभाल करूंगी। तुम एकदम सही समय पर आयी हो,” वह मुस्कुरायी।
“क्यों?” नीता ने पूछा।
“क्योंकि यह खाने का समय है। हम तुम्हें बिस्तर में डाल देंगें फिर तुम कुछ खा सकती हो।”
नर्स रोज ने नीता के पैर के चारों तरफ बर्फ लगा दिया ओर उसे एक और तकिया दिया, सर के लिए नहीं... उसके पैर के लिए।

The porter wheeled Nita to the children's ward. "Hello Nita. My name's Rose and I'm your special nurse. I'll be looking after you. You've come just at the right time," she smiled.
"Why?" asked Nita.
"Because it's dinner time. We'll pop you into bed and then you can have some food."
Nurse Rose put some ice around Nita's leg and gave her an extra pillow, not for her head... but for her leg.

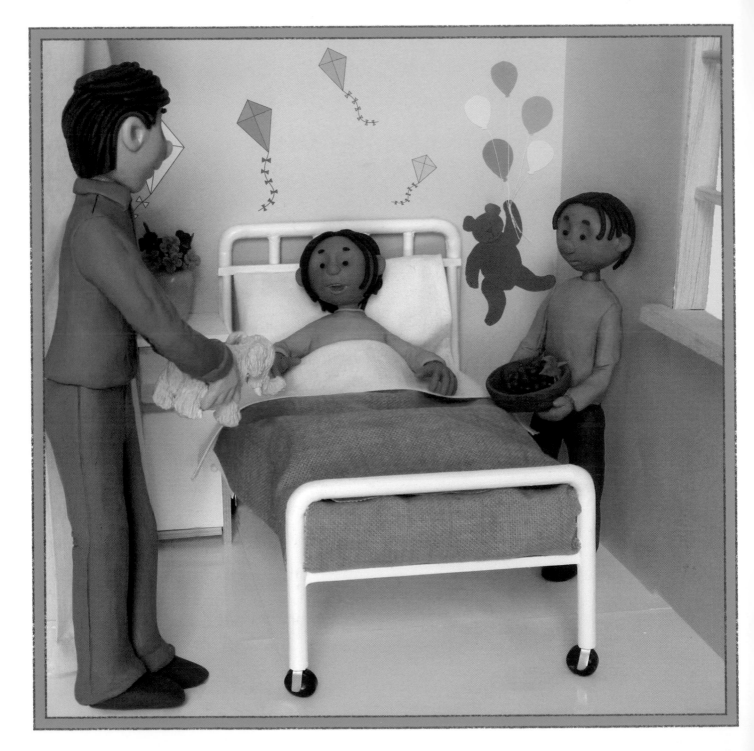

खाने के बाद पिताजी और जे पहुँचे। पिताजी ने उसे गले से लगा लिया और उसका मन पसन्द खिलौना दिया।

"तुम्हारा पैर देखें?" जे ने कहा। "ओह! यह भयानक है। क्या यह दर्द करता है?"

"बहुत," नीता ने कहा, "परन्तु उन्होंने मुझे दर्द निवारक दिया है।"

नर्स रोज ने नीता का फिर बुखार नापा। "सोने का समय हो गया," उसने कहा। "पिताजी और तुम्हारे भाई को जाना पड़ेगा पर माँ रह सकती हैं... सारी रात।"

After dinner Dad and Jay arrived. Dad gave her a big hug and her favourite toy.
"Let's see your leg?" asked Jay. "Ugh! It's horrible. Does it hurt?"
"Lots," said Nita, "but they gave me pain-killers."
Nurse Rose took Nita's temperature again. "Time to sleep now," she said.
"Dad and your brother will have to go but Ma can stay... all night."

तड़के अगली सुबह डॉक्टर ने नीता के पैर की जाँच की। "यह तो काफी ठीक है," उसने कहा। "मेरे विचार में इस पर प्लास्टर कास्ट लगा देना चाहिए।"

"इसका क्या मतलब है?" नीता ने कहा।

"हम तुम्हें सुलाने के लिए दवाई देंगे। फिर हम धक्का देकर हड्डी को सही स्थान पर लाएंगे और उसी जगह रखने के लिए कास्ट लगा देंगे। घबराओ मत तुम्हें कुछ पता नहीं चलेगा," डॉक्टर ने कहा।

Early next morning the doctor checked Nita's leg. "Well that looks much better," she said. "I think it's ready to be set."

"What does that mean?" asked Nita.

"We're going to give you an anaesthetic to make you sleep. Then we'll push the bone back in the right position and hold it in place with a cast. Don't worry, you won't feel a thing," said the doctor.

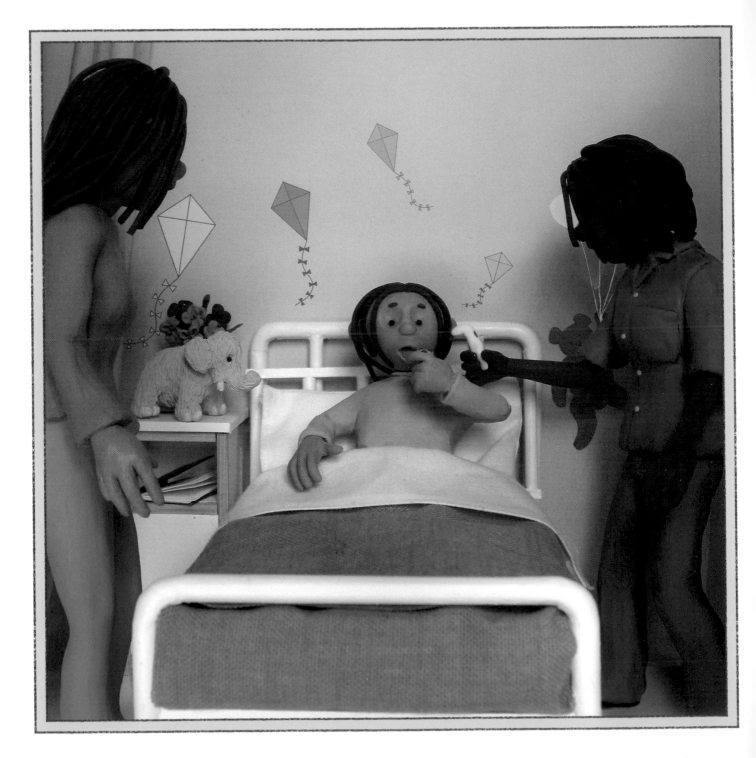

नीता को लगा जैसे वह एक सप्ताह से सोई है। "माँ मैं कितने देर तक सोई थी?" उसने पूछा।

"सिर्फ लगभग एक घंटे," माँ मुस्करायी।

"हैलो नीता," नर्स रोज ने कहा। "तुम्हें जागते हुए देखकर अच्छा लग रहा है। पैर कैसा है?"

"अच्छा, पर यह बहुत भारी और कड़ा है," नीता ने कहा। "क्या मुझे खाने को कुछ मिल सकता है?"

"हाँ, जल्द ही दोपहर के भोजन का समय होगा," रोज ने कहा।

Nita felt like she'd been asleep for a whole week. "How long have I been sleeping, Ma?" she asked.

"Only about an hour," smiled Ma.

"Hello Nita," said Nurse Rose. "Good to see you've woken up. How's the leg?"

"OK, but it feels so heavy and stiff," said Nita. "Can I have something to eat?"

"Yes, it'll be lunchtime soon," said Rose.

भोजन के समय नीता काफी अच्छा महसूस कर रही थी। नर्स रोज ने उसे पहिये वाली कुर्सी पर बिठाया ताकि वह अन्य बच्चों से मिल सके।

"तुम्हें क्या हो गया था?" एक लड़के ने पूछा।

"मेरी टाँग टूट गयी," नीता ने कहा। "और तुम?"

"मेरे कान का ऑपरेशन हुआ है," लड़के ने कहा।

By lunchtime Nita was feeling much better. Nurse Rose put her in a wheelchair so that she could join the other children.

"What happened to you?" asked a boy.

"Broke my leg," said Nita. "And you?"

"I had an operation on my ears," said the boy.

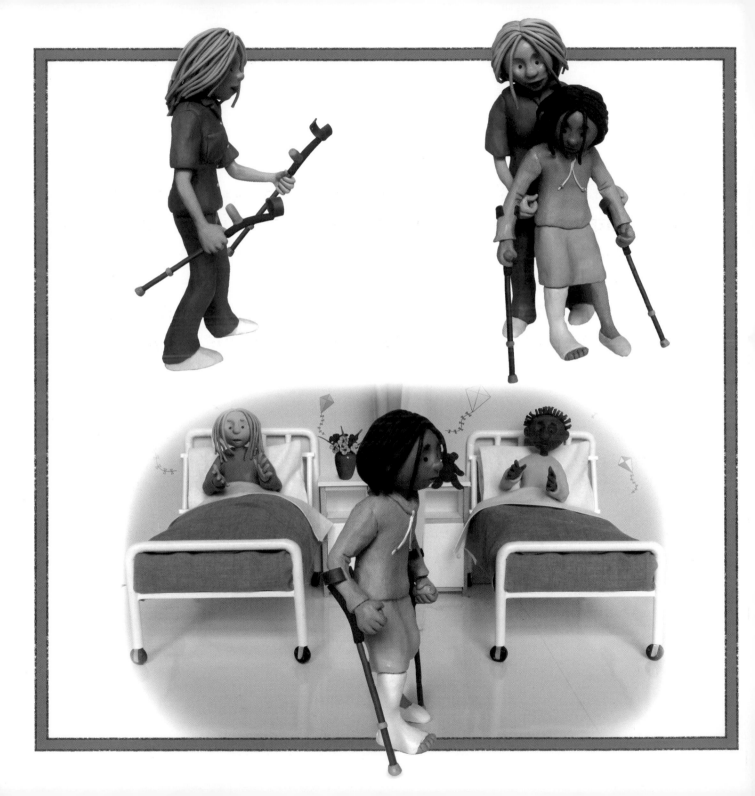

दोपहर में फिजयोथेरपिस्ट कुछ बैसाखी लेकर आया। “यह लो नीता। इसकी सहायता से तुम हर जगह जा पाओगी,” उसने कहा। हिलते, डुलते, धक्का देते तथा पकड़ते हुए नीता जल्द ही वार्ड में घूमने लगी।
“बहुत अच्छा,” फिजयोथेरपिस्ट ने कहा। “मुझे लगता है तुम घर जाने के लिए तैयार हो। मैं डॉक्टर को तुम्हें देखने के लिए कहती हूँ।”

In the afternoon the physiotherapist came with some crutches. "Here you are Nita. These will help you to get around," she said.
Hobbling and wobbling, pushing and holding, Nita was soon walking around the ward.
"Well done," said the physiotherapist. "I think you're ready to go home. I'll get the doctor to see you."

उस शाम माँ, पिताजी, जे और रॉकी नीता को लेने के लिए आए।

"वाह," नीता का कास्ट देख जे ने कहा। "क्या मैं इस पर कुछ बना सकता हूँ?"

"अभी नहीं! जब हम घर पहुँच जाएं," नीता ने कहा। लगता है एक कास्ट लगवाना इतना बुरा नही है।

That evening Ma, Dad, Jay and Rocky came to collect Nita.
"Cool," said Jay seeing Nita's cast. "Can I draw on it?"
"Not now! When we get home," said Nita. Maybe having a cast wasn't going to be so bad.